Titre
Photographe Soumise
Pour
Erika Sanders
Série
Collection de domination érotique

Synopsis

Julia est une photographe professionnelle qui aime immortaliser les moments importants de la vie des gens à travers ses photographies.

Alors que dans son atelier révélant les dernières photos qu'elle avait prises à une famille, un nouveau client entre dans les locaux.

Ce client, un cadre bien placé et célèbre, a une mission non conventionnelle pour Julia: tournage de scènes pour adultes.

Julia hésite à accepter cette commission, mais l'offre de l'exécutif est très succulente...

Photographe soumise est un roman à fort contenu érotique BDSM et, à son tour, un nouveau roman appartenant à la collection Erotic Domination, une série de romans à forte teneur en BDSM romantique et érotique.

(Tous les personnages ont 18 ans ou plus)

Remarque sur l'auteure

Erika Sanders est une écrivaine de renommée internationale, traduite dans plus de vingt langues, qui signe ses écrits les plus érotiques, loin de sa prose habituelle, de son nom de jeune fille.

Indice

PHOTOGRAPHE SOUMISE
ERIKA SANDERS

9

PREMIÈRE PARTIE
L'offre d'emploi

CHAPITRE 1

Julia était assise dans la pièce sombre de son petit studio de photographie tout en développant des images photographiques.

La photographie a toujours été sa passion et elle en a fait sa carrière.

La jeune fille de trente ans a regardé attentivement la réalisation des images.

Elle les a suspendus pour les faire sécher et a pris un moment pour admirer son travail pour une famille aimante.

Julia a arrêté son travail lorsqu'elle a entendu la cloche sonner après l'ouverture de la porte d'entrée.

Il est allé à la réception et a vu une femme de direction dans la quarantaine, habillée comme quelqu'un qui travaillait dans un bureau très élégant.

"Bonjour," dit Julia avec un sourire chaleureux. "Bienvenue dans mon studio de photographie. Je m'appelle Julia. Comment puis-je vous aider?"

La femme professionnelle lui rendit son sourire.

"Bonjour Julia. Je m'appelle Catherine."

Ils se serrèrent la main alors que Julia se tenait derrière le comptoir.

"Ravi de vous rencontrer, Catherine. Est-ce que je peux faire quelque chose pour vous aujourd'hui? Cherchez-vous quelque chose en particulier?"

"En fait, je le suis. J'adore votre travail. Je pense que vous êtes excellent pour prendre des portraits et capturer des moments spéciaux."

Julia rougit.

"Merci. Êtes-vous ici sur recommandation?"

"Recherche, en fait. Je pense que les images que vous avez sur votre site Web sont super. Vous êtes une femme très talentueuse."

"Je fais de mon mieux".

"Alors, comment fonctionne ce processus?" Demanda Catherine. "Est-ce que les gens vous contactent, vous disent ce qu'ils veulent, puis prennent des photos d'eux? Je suis nouveau dans ce domaine, évidemment."

"C'est généralement ainsi que cela fonctionne. Parfois, les gens viennent dans mon studio s'ils veulent faire des portraits, ou parfois ils m'engagent pour rentrer chez moi."

"Quel genre de photos prenez-vous habituellement?"

"Cela dépend," répondit Julia. "Si je dois sortir, c'est généralement pour des mariages, des cérémonies, des diplômes, des choses comme ça. Dans mon atelier, je fais généralement des portraits de famille."

"Ça vous dérange si je vous pose une question personnelle?"

"Avant."

"Gagnez-vous beaucoup d'argent en faisant ça?"

"C'est une vie digne."

«Julia, je ne vais pas vous faire perdre votre temps», dit Catherine d'un ton professionnel. "Je cherche à engager un photographe pour une série de séances photo. Je paierai beaucoup d'argent et exigerai une discrétion totale. Toutes les images seront destinées aux adultes."

"Cela ne devrait pas être un problème," répondit Julia avec confiance. «J'ai déjà fait beaucoup de travail nu. Je suis à l'aise avec ce genre de choses.

"Quel genre d'expériences avez-vous à ce sujet?"

«J'ai eu des cours d'art nu à l'université. Dans ma carrière de photographe, j'ai pris des portraits sensuels de nu pour les femmes. C'est une demande assez courante. Je suppose que vous voulez quelque chose comme ça.

Catherine sourit.

"Pas entièrement. Ce que je fais implique un peu plus d'érotisme."

"Est-ce pornographique?" Demanda prudemment Julia.

"Je ne suis pas une personne qui aime étiqueter les choses. J'explore les limites de la sexualité humaine d'une manière très particulière. J'ai des amis spéciaux et j'aimerais que vous documentiez certaines de nos séances avec vos compétences uniques. En tant que photographe "

Julia était un peu perplexe.

"Je ne peux pas. Je suis désolé. Sans vouloir offenser, mais je ne pourrais probablement pas faire de mon mieux dans cet environnement."

Catherine fouilla dans son sac et posa une carte de visite sur la table.

"Merci pour votre temps," répondit poliment Catherine. "En tant qu'artiste, j'espérais que vous auriez un esprit ouvert à toutes les formes d'art qui impliquent le corps humain. Si vous êtes curieux de savoir ce que je fais, appelez-moi. J'espère toujours que nous pourrons travailler ensemble éventuellement. Passez une bonne journée."

"Vous aussi. Merci d'être venu. Je m'excuse de ne pas pouvoir vous aider."

"Ne vous excusez pas. Ce n'est pas pour tout le monde. Au dos de ma carte, j'ai écrit le montant que je paierais pour vos services. Pensez-y."

Cela dit, Catherine se retourna et quitta le petit bureau.

C'était l'offre la plus inhabituelle que Julia avait reçue depuis le démarrage de sa propre entreprise de photographie.

Elle n'avait jamais été sollicitée pour quelque chose de ouvertement sexuel auparavant.

Il prit la carte et la regarda.

À sa grande surprise, Catherine a occupé un poste de haut niveau dans une grande banque d'investissement de la ville.

Julia retourna la carte et vit le prix que Catherine était prête à payer, et fut surprise.

CHAPITRE 2

Plus tard, il pensait à cette nuit-là.

La curiosité était toujours présente dans l'esprit de Julia avant de se coucher, malgré le fait qu'une partie d'elle-même voulait rester loin de Catherine.

Il est allé à la poubelle où il l'avait jeté et a sorti la carte de visite de Catherine, qui l'avait transformée en boule.

Il le déplia et jeta un autre coup d'œil.

Puis il est allé à son ordinateur pour un examen rapide.

Après une brève recherche, Julia a trouvé la page LinkedIn de Catherine.

Catherine était une femme d'affaires expérimentée occupant un poste élevé dans une grande banque d'investissement.

La quantité d'expérience de Catherine à un niveau élevé a surpris Julia.

Julia a poursuivi sa recherche en ligne et a trouvé la page Facebook de Catherine, qui était ouverte à tous.

Il a regardé à travers les photos personnelles de la femme d'affaires.

Catherine était belle, élégante, sophistiquée, avec une aura dominante.

Julia se demandait pourquoi une telle femme serait intéressée à prendre des photos explicites.

Mais évidemment, tout le monde a ses secrets, pensa Julia.

L'intrigue a suffi à Julia pour changer d'avis.

Après tout, à quel point ces images pourraient-elles être minables?

Ils devaient sûrement être de bon goût.

Il a ouvert son e-mail et a écrit un message à Catherine:

Salut Catherine

J'espère que vous vous amusez. Je suis Julia du studio de photographie. J'ai beaucoup réfléchi à votre offre et pourrais reconsidérer ma position sur le sujet, si vous êtes toujours intéressé à travailler avec moi. Mais d'abord, j'ai quelques questions. Y a-t-il un moment approprié où nous pouvons parler au téléphone? Ou souhaitez-vous continuer à communiquer par e-mail? Fais-le moi savoir.

Prends soins de-VOUS,

Julia "

Il regarda sa montre, et il était déjà vingt-cinq heures du soir.

Julia éteignit son ordinateur et jeta un autre coup d'œil à la carte de visite.

Il la retourna et regarda la note manuscrite de Catherine: cinq cents dollars de l'heure.

Elle n'était devenue plus curieuse qu'en se couchant.

CHAPITRE 3

Le lendemain matin était une matinée typique pour Julia.

Lorsqu'il n'y avait ni prospects ni clients dans son petit studio, il passait son temps dans la chambre noire à développer plus de photos.

C'était un travail fastidieux, mais elle l'a aimé.

Lorsqu'il eut terminé, il quitta la pièce sombre et regarda son ordinateur portable sur son bureau.

Il y a eu plusieurs nouveaux e-mails.

Les yeux de Julia parcoururent brièvement la liste des messages, principalement liés au travail.

Ce qui a immédiatement attiré son attention, c'est la réponse par e-mail de Catherine.

Elle l'a ouvert:

Julia

Je suis content que vous ayez reconsidéré mon offre. Il est préférable que nous nous rencontrions en personne pour en discuter. Venez à mon bureau vendredi à huit heures du matin. Je vais prendre rendez-vous pour vous et ma secrétaire pour vous laisser entrer.

Catherine »

Le bref e-mail était plus que suffisant pour susciter à nouveau l'intérêt de Julia.

Elle fouilla dans son sac à main pour chercher sur la carte de visite de Catherine l'adresse de son bureau du centre-ville.

Elle a utilisé Internet et a cherché des directions pour s'y rendre depuis son domicile, et s'est assurée de garder son horaire clair pour vendredi matin.

DEUXIÈME PARTIE
La salle de l'esclavage

CHAPITRE 4

Julia se tenait nerveusement dans l'ascenseur alors qu'il montait dans le grand bâtiment.

Elle portait une chemise boutonnée avec une jupe de bureau pour avoir l'air appropriée dans l'environnement de l'entreprise.

Lorsque l'ascenseur atteignit enfin le sol, Julia chercha timidement le bureau de Catherine dans l'étrange quartier pour elle.

Lorsqu'il l'a retrouvée, il s'est approché d'une jeune secrétaire qui lui a permis d'entrer dans le bureau.

Silencieusement, elle déglutit en entrant et se rendit compte qu'elle venait d'interrompre le travail de bureau de Catherine, quoi qu'il en soit à l'époque.

«Veuillez vous asseoir,» dit poliment Catherine de derrière son bureau. "Je suis content que vous ayez changé d'avis sur une relation possible."

Julia s'assit et se détendit.

"Eh bien, j'y ai pensé et j'ai réalisé que c'était probablement quelque chose de bon goût."

"Regardez mon bureau. Bien sûr, tout ce que je fais est de bon goût", a déclaré la femme d'affaires en plaisantant.

"Je peux vraiment voir ça."

«Et je suis sûr que l'argent que j'offre vous a aidé à vous convaincre, est-ce exact?

Julia rougit.

"Cela en fait partie."

"Bien," acquiesça Catherine. "J'apprécie votre honnêteté. Il n'y a pas de honte à vouloir plus d'argent."

"L'argent est toujours bon. Je ne suis pas vraiment riche. Mais par-dessus tout, j'aime l'art de la photographie. J'adore capturer des images de personnes qui dureront toute une vie. Vous semblez être une personne vraiment intéressante et raconter votre histoire avec mes photos était une opportunité que je ne pouvais pas laisser passer. "

«Je savais que je choisissais la bonne femme pour le poste», sourit Catherine.

«Pourriez-vous me donner une idée de ce que vous voulez? Je comprends votre besoin de discrétion compte tenu du sujet. Mais à ce stade, j'aimerais savoir dans quoi je m'engage.

"Connaissez-vous l'esclavage et le style de vie BDSM?"

Julia était surprise.

"Oui je le suis."

"Que pouvez-vous m'en dire?"

Julia réfléchit un instant.

"Pas grand chose. Je connais juste les clichés que je vois à la télé. Tu sais, les fouets, les chaînes, le cuir. Ce genre de choses."

"Ce n'est qu'un petit aspect du fétiche", expliqua Catherine. "Le vrai BDSM est une question de domination et de soumission. Il s'agit de perdre le pouvoir et de se donner complètement à une autre personne. En toute sécurité et par consensus, bien sûr. Les fouets et les chaînes ne sont que des outils pour atteindre un objectif spécifique."

"Est-ce qu'elle est une maîtresse ou quelque chose comme ça?" Demanda Julia d'un ton timide.

"Je n'aime pas les étiquettes. Mais je pense que cela correspondrait à cette description. Est-ce que cela vous dérange?"

"Pas du tout. Euh, je pense que l'autonomisation des femmes est une bonne chose."

"Moi aussi," acquiesça Catherine. "Et vous allez voir une grande émancipation féminine lorsque vous venez dans ma chambre spéciale. La plupart de mes soumis sont de puissants hommes d'affaires dans leur vie quotidienne. Ils prennent la peine de me les mettre à genoux en privé."

"Et toi?"

"Moi quoi?"

"Soumettez-vous aussi?" Demanda Julia.

Catherine sourit.

"Bien sûr que oui. Je ne ferais pas ça si je n'aimais pas chaque seconde."

"Comment ça marche? Je veux dire, viennent-ils vous rendre visite? Et alors? Vous les avez frappés ou quelque chose comme ça?"

«J'ai une salle spéciale d'esclavage dans mon grenier», répondit Catherine. "Je rencontre différents soumis du monde de l'entreprise. C'est quelque chose d'exclusif. Habituellement le week-end. Seulement pendant une heure."

«Pourquoi une heure? Demanda Julia.

"C'est la durée parfaite, à mon avis. Si cela durait trop longtemps, les choses commenceraient à faire mal, dans le mauvais sens. Si c'était trop court, il n'y aurait pas assez de préliminaires pour construire des choses. Une heure est le temps idéal pour construire. un point culminant incroyable. "

"Cela semble provocateur."

«Attendez de le voir», dit Catherine. "Je porte un masque en or. C'est comme un alter ego que j'ai. Une fois le masque en place, je deviens une personne différente. Si les gens pensent que je suis une salope au bureau, attendez d'être dans ma salle de bondage avec moi avec le masque et un fouet à la main. Je deviens quelque chose de complètement différent. "

Julia était attirée par Catherine.

C'était un nouveau monde de liberté sexuelle sans les restrictions des inhibitions personnelles.

Il l'a rejeté d'une manière ou d'une autre, mais en même temps, c'était complètement fascinant.

J'avais hâte de le voir et de le capturer devant la caméra.

"Tu veux que je photographie toute l'expérience, non?" Julia a demandé, pour que ce soit clair.

«Je veux que vous photographiiez tout sauf les visages. La discrétion est de la plus haute importance, car mes soumis sont pour la plupart des individus riches. Vous ne serez pas autorisé à savoir qui ils sont. Ils seront masqués tout le temps.

Les doigts de Julia bougèrent nerveusement.

"Je vais être honnête. Tout cela me semble étrange. On ne m'a jamais demandé de faire partie de quelque chose comme ça auparavant. Je n'ai même pas vu ces choses en vidéo, ce qui ne veut pas dire que je n'ai pas vu de pornographie. Tout est très nouveau pour moi."

"Alors je t'envie", répondit Catherine.

"Vraiment pourquoi?"

"Parce que vous explorerez cela pour la première fois, avec des yeux vierges."

"Ce sera certainement le cas," répondit Julia.

"Dites-moi, êtes-vous satisfait de votre vie sexuelle?"

"Que veux-tu dire?"

«Êtes-vous sexuellement satisfait? Demanda franchement Catherine. "Jouis-tu comme tu veux? Aimeriez-vous avoir de meilleurs orgasmes? Aimeriez-vous que quelqu'un vous baise corps et âme?"

Julia a été surprise par les questions de la respectable femme d'affaires.

«Ma vie sexuelle pourrait être meilleure», admit-il. "Je suis célibataire. Je ne suis pas sorti depuis longtemps. C'est le prix personnel que je paie pour gérer ma propre entreprise."

"Donc vous vous masturbez probablement beaucoup."

"Plus ou moins."

Catherine a pris un stylo et un bloc-notes et a commencé à écrire.

Une fois qu'il eut terminé, il tendit le mot à Julia.

«C'est l'adresse de mon appartement», dit Catherine. "La prochaine session aura lieu samedi à dix heures du soir. Ne soyez pas en retard. Vous serez payé cinq cents dollars pour toute l'heure. Prenez des photos de ce que vous voulez, sauf les visages ou tout ce qui peut être utilisé pour identifier quelqu'un. Les images m'appartiendront exclusivement. Alors ne les publiez nulle part. Ma secrétaire aura un contrat et des formulaires de confidentialité à votre disposition lorsque vous quitterez mon bureau. Ce sera tout pour le moment. "

Julia se leva.

"Merci. J'attends avec impatience notre réunion de samedi."

Catherine s'est également levée et les deux femmes se sont serrées la main pour conclure l'affaire de manière informelle.

"Encore une chose, porte une jolie robe quand tu viens. Je veux que tu aies l'air bien."

Le regard sur le visage de Julia a changé.

À ce moment précis, il venait de réaliser dans quoi il s'embarquait.

CHAPITRE 5

Après avoir rencontré la secrétaire pour signer les formulaires et les accords, Julia a rapidement quitté le bâtiment de l'entreprise pour respirer l'air frais.

Son esprit était un mélange d'émotions.

J'étais curieux, mais nerveux.

J'étais intrigué, mais réticent.

Il a réalisé que tout était en tête, mais il était trop tard pour reculer.

Elle avait déjà donné sa parole, signé les contrats et il n'y avait pas de retour en arrière.

La rue du centre-ville était pleine et elle regardait les employés de l'entreprise marcher vers leur destination, alors qu'elle restait complètement nerveuse.

Julia a vu une petite cafétéria en plein air et s'est approchée pour faire la queue.

J'avais désespérément besoin de quelque chose de fort à boire.

Au moment où Julia fit la queue, elle entendit une voix l'appeler par derrière.

Elle se retourna et vit la secrétaire personnelle de Catherine s'approcher d'elle avec un sourire.

La secrétaire était étonnamment jeune, dans la vingtaine, et elle était très belle.

«Ai-je oublié de signer quelque chose? Demanda Julia, alors que la secrétaire s'approchait.

"Non. Tout cela est déjà fait. Je suis à l'heure de ma pause et je voulais te parler."

"Oh pourquoi?"

«Je sais pourquoi vous avez été embauché», dit-il. "Lorsque vous avez signé les documents, vous aviez l'air terrifié, comme si vous signiez un contrat pour votre vie."

"Pouvez-vous me blâmer de me sentir comme ça?"

La secrétaire sourit.

"C'est un sentiment normal. Je sais exactement ce que tu traverses."

"Tu le sais?" Demanda Julia.

"Oui. Disons que j'ai traversé un long processus d'entrevue pour obtenir mon poste de secrétaire de Catherine."

Il n'a pas fallu longtemps à Julia pour établir la connexion.

Il s'est immédiatement rendu compte que la belle jeune secrétaire était sexuellement soumise à Catherine.

Julia fit de son mieux pour éviter d'avoir l'air surprise.

«Alors toi et Catherine? Demanda Julia de manière suggestive et curieuse.

Le secrétaire hocha fièrement la tête.

"J'ai postulé pour le poste en sachant que je n'étais pas qualifiée pour travailler pour une femme d'entreprise de premier plan. Mais je pensais que je n'avais rien à perdre. Elle m'a interviewé personnellement. J'ai réalisé qu'elle aimait mon apparence. Et avant de le savoir, j'ai signé de nombreuses des mêmes documents que vous. Ensuite, elle m'a laissé entrer dans son monde privé d'aventure. "

"Pourquoi me dis-tu ça? Je ne veux pas paraître impoli, mais ce n'est pas exactement l'information qui devrait être partagée."

«On dirait que vous pourriez avoir besoin d'un ami. Je ne veux pas que vous soyez nerveux.

"Merci," répondit Julia. "Cependant, je suis déjà nerveux. Je ne peux pas m'empêcher de penser que j'ai fait une grosse erreur. Je ne suis pas sûr de pouvoir gérer un tel fétiche."

"J'ai pensé la même chose quand j'ai commencé à m'impliquer avec elle. J'étais terrifiée quand j'ai vu sa salle de bondage pour la première fois.

Mes mains tremblaient quand nous avons commencé le processus. Mais maintenant, je ne peux plus m'en passer."

"Qu'est-ce qui vous a fait changer d'avis?" Demanda Julia.

"Le plaisir."

CHAPITRE 6

Samedi soir.

Julia est allée à l'appartement avec son appareil photo dans son étui, et portait une robe jaune qu'elle avait achetée spécialement pour l'occasion.

Il était neuf heures du soir.

Il est arrivé une heure avant le rendez-vous lorsqu'il est monté dans l'ascenseur.

Être ponctuel faisait partie du travail.

Quand elle est arrivée à l'étage, Julia s'est dirigée vers l'appartement de Catherine et a appelé.

Il n'attendit pas longtemps que Catherine ouvre la porte pieds nus dans une robe de soie.

Les cheveux de Catherine étaient bien coiffés, tout comme son maquillage parfait.

"Vous êtes en avance," sourit Catherine.

"J'aime toujours être en avance. Est-ce un problème ? Je peux toujours revenir un peu plus tard ..."

"Non, non, ça va. Entrez. Je suis content que vous soyez arrivé tôt. Cela nous donne une chance de parler un peu plus."

Julia est entrée dans l'appartement et s'est émerveillée de tout.

«Bel endroit», dit Julia avec admiration. "C'est merveilleux. Je n'ai jamais rien vu de tel en ville."

"Il y aura beaucoup de choses ce soir que vous n'avez jamais vues auparavant."

«Je suis sûr que vous avez raison. Puis-je voir votre salle de bondage ? J'adorerais en prendre quelques photos maintenant.

«Pas encore,» répondit Catherine. "Je veux que vous preniez des photos quand tout commence, pas avant."

"Bon."

«Quelque chose de terrible?

Julia réfléchit un instant.

"Un peu. Mais ça ira. Cependant, je suis vraiment curieux. Je n'ai jamais fait partie de quelque chose comme ça."

"Tu es le genre de femme qui va apprécier ça. Je peux le sentir."

"Qu'est-ce qui te fait dire ça?"

"Je fais ça depuis longtemps", répondit Catherine. «Je peux en savoir beaucoup sur les habitudes sexuelles des gens rien qu'en les regardant. Après ce soir, je suis sûr que vous aurez hâte de revenir. Vous deviendrez accro. Faites-moi confiance.

Julia était soudainement mal à l'aise avec l'hypothèse de Catherine.

Elle a essayé de rester professionnelle et sérieuse.

«Alors, que pouvez-vous me dire sur l'invité de ce soir? Demanda Julia, changeant de sujet.

"Il est riche. C'est un de mes amis de longue date. Je reçois généralement des conseils commerciaux de sa part, mais sexuellement, il prend ses ordres de moi. Vous ne verrez pas son visage et vous ne saurez pas son identité."

"A quelle heure arrivera-t-il?"

"C'est ici," sourit Catherine.

"Il est ...?"

Catherine fit un geste en regardant dans le couloir.

"C'est dans ma pièce principale. Tu veux qu'on y jette un œil?"

Les deux femmes ont marché dans le couloir de l'appartement luxueux.

La fréquence cardiaque de Julia est montée en flèche comme si elle faisait de l'exercice cardiovasculaire.

Son cœur battait fort lorsque Catherine ouvrit la porte de la chambre principale.

«Le voilà», dit Catherine.

Julia a été presque surprise quand elle a vu un homme d'âge moyen assis sur le lit, vêtu uniquement de ses sous-vêtements.

Son visage et sa tête étaient recouverts d'un masque de cuir noir.

Il y avait des trous pour qu'il puisse voir et parler.

Il regarda directement Julia.

Son corps reflétait son âge et sa silhouette était lisse et potelée.

Leurs mains étaient liées par une corde.

"Que penses-tu?" Catherine a demandé avec un sourire diabolique limite.

"Je ne sais pas quoi penser".

«Eh bien, avez-vous peur de ce que je vais lui faire? Est-ce que cela vous excite d'une manière ou d'une autre? Vous devez avoir des idées à ce sujet.

"C'est certainement une image très provocante."

Catherine sourit.

"Si vous pensez que c'est provocateur, attendez que le spectacle commence. Cependant, ce n'est pas encore le moment."

Il ferma la porte de la chambre et ils restèrent dans le couloir.

«Pendant ce temps,» dit Catherine en regardant le corps du photographe. "Je pensais que je t'avais dit de porter une jolie robe pour ce soir."

Julia regarda brièvement sa robe jaune bon marché.

"Désolé. C'était le meilleur que j'ai pu trouver."

"Ce n'est pas assez bon. Suivez-moi."

Les deux femmes se dirigèrent vers une autre pièce au bout du couloir.

C'était une chambre d'amis, aussi impressionnante que la pièce principale.

La chambre était propre et le lit avait l'air frais.

Catherine ouvrit le placard et fouilla brièvement dans la grande variété de vêtements coûteux.

Quand il a trouvé ce qu'il cherchait, il l'a jeté sur le lit.

C'était une robe noire mince et élégante.

"Mettez-le," dit Catherine. "Je ne veux pas que vous portiez autre chose que ça, même pas vos chaussures."

"Et mon soutien-gorge et ma culotte?"

"Ni l'un ni l'autre. Est-ce un problème?"

Julia secoua la tête.

"Ne pas."

"Très bien. Habillez-vous dans cette pièce. Je reviendrai bientôt une fois que j'aurai enfilé mes bottes et débarrassé de cette robe."

"Bon."

"Es-tu prêt pour ça?" Demanda Catherine.

"Je le suis."

"Tu as l'air maladroit. C'est normal d'être nerveux. Mais si tu ne veux pas continuer, ça va aussi. Je peux toujours trouver quelqu'un d'autre et je te paierai même pour ce soir."

Julia respira brièvement.

"Non. Je veux faire ça. Je mettrai la robe et serai prêt quand tu l'auras."

"Excellent," sourit Catherine, avant de se tourner pour s'éloigner.

Julia a été laissée seule dans la luxueuse chambre d'amis.

Elle regarda la robe noire posée sur le lit et se demanda combien cela vaudrait.

Cela me paraissait cher.

Elle abaissa la caméra, puis ôta sa robe jaune et la jeta sur le lit.

Il a enlevé ses chaussures.

Finalement, comme Catherine l'a demandé, elle a enlevé son soutien-gorge et sa culotte, et a été laissée nue dans la pièce.

Elle regarda son apparence nue dans le miroir, remarquant à quel point elle avait l'air normale.

Elle prit la robe noire et la mit, puis se regarda à nouveau dans le miroir.

Cette fois, elle avait l'air très différente.

Elle ressemblait à une femme de classe et d'élégance.

"Magnifique," dit la voix de Catherine depuis le couloir.

Julia était surprise qu'ils l'aient regardée, mais elle ne savait pas combien de temps.

Ses yeux s'écarquillèrent d'étonnement lorsqu'elle vit Catherine dans un corset noir et de longues bottes noires.

L'apparence de Catherine contrastait fortement avec sa tenue professionnelle habituelle.

"Oh merci," répondit calmement Julia. "Tu es magnifique aussi."

"Il est maintenant temps. J'ai supprimé l'assurance de ma chambre spéciale. Elle est au bout du couloir. Attendez-moi là-bas avec votre appareil photo prêt, et je prendrai notre invité spécial. Vous êtes libre de prendre les photos comme vous le souhaitez. Je ne vous donnerai pas des instructions sur la façon de faire votre travail. Cela dépend de vous.

"Je vous remercie."

Catherine s'écarta, indiquant à Julia qu'il était temps d'aller seule dans la salle de bondage.

Julia respira doucement, et avec son gros appareil photo à la main, elle passa devant Catherine et se dirigea vers la pièce ouverte dans le couloir.

CHAPITRE 7

La salle de bondage était grande et les murs étaient recouverts d'un rembourrage noir.

C'était une pièce très bien éclairée.

Les yeux de Julia ont scanné les différents objets et gadgets sexuels exposés.

Il y avait une grande variété de godes, jouets sexuels, chaînes et pinces.

Il y avait une chaise et une table dans la chambre, qui étaient les seuls meubles disponibles.

Il y avait une grande horloge sur le mur pour s'assurer que chaque session durait exactement une heure.

Ce n'est que lorsqu'elle entendit le bruit des talons de Catherine claquant sur le sol que Julia se rappela qu'elle avait un travail spécifique à faire.

Ils arrivaient et Julia a préparé son appareil photo pour prendre des photos.

La première chose que Julia vit entrer dans la pièce fut l'homme d'âge moyen, les mains toujours liées et le visage toujours couvert pour protéger son identité.

Julia a pris une photo de lui.

Puis Catherine entra dans la pièce.

Elle portait un masque doré brillant qui couvrait son visage, mais permettait à ses cheveux de tomber librement.

Le masque semblait avoir été créé au 15ème siècle environ pour une famille royale, pensa Julia.

Julia a pris des photos de Catherine guidant l'homme vers la pièce puis fermant la porte.

Julia regarda curieusement l'homme attaché se mettre à genoux.

Catherine lui ordonna de se mettre à genoux et de se taire.

Julia a pris plus de photos.

Catherine est allée à sa collection de jouets sexuels et a cherché ce qu'elle voulait.

Finalement, elle s'installa sur un long gode couleur chair.

Mais elle n'avait pas encore fini.

Elle a attaché le gode à une ceinture puis l'a glissé sur son corset en cuir.

Julia a pris plus de photos.

«Es-tu prêt ce soir? Catherine a demandé à son homme soumis.

"Mmm ... Hmmm ..." murmura-t-il en réponse.

"Bon garçon," dit Catherine d'un ton condescendant. "Maintenant, je veux que ton petit cul penché sur la table."

L'homme se leva et se tint sur la table, le ventre dessus et les jambes écartées.

L'homme a démontré qu'il avait fait cela plusieurs fois auparavant et qu'il appréciait chaque instant, peu importe à quel point l'expérience semblait orageuse ou dégradante pour une personne normale.

Catherine a pris une petite pelle en bois et a commencé à tapoter doucement les fesses de l'homme.

Au début, c'était doux, comme si elle se souciait de son bien-être.

Avec la pelle, elle a commencé à le frapper plus fort, puis plus fort encore.

L'homme a commencé à murmurer avec sa bouche alors que les coups devenaient plus intenses.

Julia se sentait presque mal pour lui, mais elle a fait son travail et a pris des photos à la place.

«Tu aimes ça, petit cochon?» Lui demanda Catherine en continuant avec la pelle.

"Mmm ... Hmm ..."

"J'ai autre chose pour toi."

Catherine posa la pelle et attacha les mains et les chevilles de l'homme aux différents coins de la table.

Il s'est fait prendre.

Toute sa confiance était entièrement placée en Catherine.

C'était à sa volonté et à sa merci.

Il attrapa une bouteille de lubrifiant et en couvrit une grande quantité sur le bout de son doigt.

Julia a pris des photos en gros plan du doigt lubrifié de Catherine.

Julia a ensuite pris des photos en gros plan du doigt pénétrant dans l'anus de l'homme.

Il gémit alors qu'il se faisait pénétrer par le doigt de Catherine.

Puis il inséra deux doigts.

Puis trois.

Julia se demanda si l'homme appréciait ça.

Mais ce n'était pas sa préoccupation.

Le travail de Julia était de prendre une photo de la pénétration, et elle l'a fait, avec la caméra capturant tout.

L'estomac de Julia se serra presque quand elle vit Catherine se positionner derrière l'homme, le gros pénis attaché à sa taille pointant directement vers les fesses allongées de l'homme.

Julia était prête à crier et à plaider au nom de l'homme sans défense sur la table.

Elle voulait arrêter cette folie en son nom.

Mais elle ne l'a pas fait.

Ce n'était pas son rôle.

Sa bouche était ouverte d'incrédulité, et il abaissa brièvement la caméra pour pouvoir voir la pénétration anale de ses propres yeux.

C'était un spectacle choquant.

Il a soulevé son appareil photo, l'a pointé directement sur la pénétration anale et a pris plus de photos.

CHAPITRE 8

Lundi.

Il était tôt le matin et Julia se tenait dans sa chambre sombre révélant toutes les photos qu'elle avait prises pour Catherine.

Il y avait plus de deux cents images au total.

Les premiers lots étaient prêts.

La qualité d'image était bonne et elle admirait son propre travail.

Il savait que Catherine serait heureuse de la façon dont il capturait la salle de bondage.

Il savait que Catherine aimerait aussi comment l'homme soumis a été capturé.

Il y avait des images capturant Catherine dans sa tenue, et il y avait des gros plans du masque d'or.

Julia regarda brièvement le reste des bandes de film qu'elle avait prises.

Il regarda les images de l'homme suçant l'objet sexuel, fouetté, puis sodomisé pendant une longue période par la grosse ceinture.

Son cœur battit.

Puis il regarda les images de l'homme secoué par Catherine.

Il avait tiré une énorme charge de sperme sur le sol, qu'il avait ensuite ordonné de nettoyer avec sa langue.

Julia ressentit une sensation de brûlure entre ses jambes.

Elle était excitée dans sa chambre sombre, tout comme elle l'avait été dans la salle de bondage de Catherine.

Elle déboutonna son pantalon et glissa sa main droite le long de la culotte.

Il a regardé le film qui était révélé, l'homme suçant le gode alors qu'il était à genoux, et il se touchait sexuellement.

Il se souvenait de tout ce qu'il ressentait quand il avait tout vu la première fois.

Elle l'imaginait en train de se faire sodomiser et Catherine le masturbant.

Elle se toucha en pensant à l'homme qui suçait les seins de Catherine.

Il pensa à tous les commentaires verbalement dégradants qu'il lui avait faits et à la situation difficile dans laquelle elle était placée.

Puis, Julia s'est imaginée dans la position de l'homme.

Elle se demandait si elle pouvait aimer se faire sucer un gode et se faire sodomiser dans une position aussi dégradante.

Quand elle a eu un orgasme dans la chambre noire, elle a réalisé que la réponse était oui.

TROISIÈME PARTIE
Masque doré et robe noire

43

CHAPITRE 9

Deux mois plus tard, Julia portait une nouvelle robe lorsqu'elle se rendit au bureau de Catherine.

Elle avait été invitée à une réunion privée.

Une fois arrivé au sol sans hésitation, il eut une brève discussion avec le secrétaire et fut autorisé à entrer dans le bureau de Catherine.

Les deux femmes se saluèrent avec une accolade et elles s'assirent toutes les deux dans leurs sièges respectifs, avec Catherine derrière son grand bureau et Julia assise en face d'elle.

«Je peux honnêtement dire que vous êtes le meilleur employé que j'aie jamais eu», a déclaré Catherine. "Cela signifie quelque chose, étant donné le nombre de personnes qualifiées qui ont travaillé pour moi au fil des ans."

Un sentiment de fierté envahit Julia.

"Merci. Je fais de mon mieux."

«Tu aimes m'avoir comme employeur? J'ai la réputation d'être une vraie salope, ce qui est bien mérité.

"Je ne pense pas que tu sois une salope du tout," répondit Julia avec espièglerie. "Je pense que vous êtes une femme forte. Et vous êtes de loin l'employeur le plus intrigant que j'aie jamais eu. Chaque semaine est époustouflante. J'adore. J'ai toujours hâte de voir nos réunions."

"Eh bien, malheureusement, vos services ne seront plus nécessaires", a déclaré Catherine sur un ton commercial direct. "Vous avez terminé votre tâche en photographiant tous mes soumis. Je pense que vous avez fait un travail merveilleux. Votre travail a largement dépassé mes attentes."

Julia était surprise.

Il avait adoré profiter, regarder et prendre des photos de la vie sexuelle secrète de Catherine.

Aller à son appartement le samedi soir était son émotion de la semaine.

Et il se masturbait en privé à chaque fois qu'il rentrait à la maison.

Il s'était également attaché chaque semaine à la compagnie de Catherine.

"Eh bien, je suis contente que tu aies aimé mon travail," répondit Julia, essayant de ne pas paraître dévastée.

"Je ne suis pas le seul à aimer ça. Tous mes hommes soumis conviennent que vous avez fait un travail exceptionnel avec votre photo. Vous recevrez un bonus considérable pour cela. Lorsque vous quitterez mon bureau, ma secrétaire vous remettra une enveloppe Avec l'argent ".

"C'est très gentil de votre part."

Catherine sourit.

"Ce n'est pas un problème."

"Y a-t-il un moyen pour ... pouvoir ... continuer ça?" Julia a demandé avec toute la confiance qu'elle pouvait rassembler. "En tant que photographe, je pense qu'il y a beaucoup plus de choses que nous pourrions explorer, et que nous n'avons pas encore faites."

Catherine haussa un sourcil.

"Vraiment? Alors le petit photographe timide veut continuer à travailler pour moi. C'est intéressant."

"Eh bien, je suis intéressée par ton passe-temps," admit Julia malgré elle. "C'est une chose fascinante, et je pense que nous avons fait un excellent travail ensemble en termes de création artistique."

Catherine y réfléchit un instant.

«J'ai peut-être autre chose pour vous. Aucune garantie. Mais cela pourrait être hors de votre portée.

L'attention de Julia s'est soudainement réveillée.

"Qu'est que c'est?"

"Le fétiche de l'esclavage est plus courant dans le monde des affaires que vous ne le pensez. Il est très populaire auprès des hommes puissants, car ils aiment le changement de rôle. Ils aiment abandonner les femmes séduisantes après avoir été le patron de tout. la journée. Êtes-vous intéressé jusqu'à présent ? "

"Assurance."

"Super. Je contacterai les organisateurs de l'événement pour voir si vous pouvez vous joindre."

"Un événement ?" Demanda Julia.

"Oui, c'est un petit événement qui arrive de temps en temps. C'est une fête de bondage, en gros, où les riches et les puissants s'amusent vraiment, en tant qu'adultes."

"Cela ressemble à quelque chose que j'aimerais voir."

Catherine sourit.

"Tu n'en as aucune idée. C'est tellement sale et vulgaire que tout le monde est masqué. Tout est complètement discret. Aussi, c'est une tradition."

"Qu'est-ce que je ferais là-bas ?"

"Prenez des photos. Qu'est-ce que ce serait d'autre ? Peut-être que les organisateurs de l'événement veulent de belles photos pour des souvenirs ou quelque chose comme ça."

"Je peux certainement faire ça," répondit Julia. "Pour être honnête, depuis que j'ai commencé à prendre des photos de vos séances de bondage, tout ce que je fais au travail me semble très ennuyeux en comparaison."

Catherine sourit.

«Je savais que tu aimerais ça. Tu es ce genre de fille. Maintenant, si tu veux bien m'excuser, j'ai un rendez-vous dans quelques minutes.

"Oh bien sûr. Merci pour votre temps."

Julia se leva et lui tendit la main pour une poignée de main avant de partir.

«Encore une chose», ajouta Catherine. "Mes autres amis ne jouent pas toujours légalement. Donc si vous voulez continuer à travailler pour moi, alors vous devez être en sécurité."

"Je suis sûr."

Catherine hocha la tête.

"Je le pensais. Nous resterons en contact. Et nous vous recontacterons bientôt.".

CHAPITRE 10

Une semaine après.

C'était tôt mardi matin.

Julia a été réveillée par une série de coups à la porte.

Il sortit du lit, regarda brièvement dans le miroir, puis ouvrit la porte.

À sa grande surprise, c'était la secrétaire de Catherine qui tenait un petit paquet.

"Bonjour," dit la secrétaire avec un sourire radieux.

"Bonjour, entre."

La secrétaire entra dans le petit appartement avec le colis et Julia ferma la porte.

"Je suis désolé de vous déranger si tôt", a déclaré le secrétaire. "Je suis occupé le reste de la journée, donc c'était la seule fois que j'avais."

«Ne t'inquiète pas. Tu veux un café ou un verre? Demanda Julia.

"Je vais bien merci beaucoup."

«Alors qu'est-ce qui t'amène ici ce matin?

"Catherine a contacté les organisateurs de l'événement", a répondu le secrétaire. "Tout le monde aime votre travail et pense que vos photos seraient les bienvenues."

"C'est une excellente nouvelle. J'adorerais y assister."

"Cependant, il y a une condition."

"Qu'est que c'est?" Demanda Julia.

"L'événement de l'esclavage est exclusif, et ils ne laissent entrer aucun étranger. Par conséquent, vous devez avoir une initiation avant de pouvoir y prendre des photos."

La nouvelle a réveillé Julia plus fort que n'importe quelle tasse de café.

"Que veux-tu dire?"

"Il y a un processus d'initiation pour les nouveaux membres. On m'a dit qu'il n'y avait pas moyen de contourner cela. Vous devez, si vous voulez continuer à travailler pour Catherine."

"Eh bien, qu'est-ce que cette initiation nécessite? Quelque chose d'extrême?"

"Cela change à chaque fois", a répondu le secrétaire. "J'ai commencé il y a quelques années, et c'était assez calme. Mais pour les autres, wow. Je ne souhaite pas que ce soit eux."

Julia sentit soudain son esprit tourner.

Il voulait le travail plus que tout, et il ne voulait pas décevoir Catherine en refusant.

«Dites à Catherine que je le ferai,» dit Julia.

La secrétaire sourit et déposa le paquet sur une table voisine.

"Elle savait que tu serais intéressé. C'est pour toi."

"Qu'est que c'est?"

"Ouvrez-le et vous le verrez."

Julia souleva le couvercle du paquet et vit un masque doré sur un fin tissu noir.

Le masque était élégant et similaire à celui porté par Catherine lors de chaque séance d'esclavage.

"C'est pour quoi?" Demanda Julia en prenant le masque pour l'examiner.

"Vous devrez l'utiliser pour l'événement. Elle est du même type que Catherine, ce qui fera savoir aux gens que vous êtes son invitée et sa soumise."

Julia a continué à le regarder.

"C'est un beau masque."

"C'est certainement le cas. Il y a aussi une tenue dans le paquet. Vous devrez la porter. Rien d'autre que les talons."

Julia souleva le fin tissu noir du paquet.

C'était complètement transparent.

"Ne suis-je pas autorisé à porter autre chose en dessous?" Demanda Julia.

"Non, rien. L'événement commence à sept heures de l'après-midi samedi. Un chauffeur viendra vous chercher à six heures, alors soyez prêt. Vous êtes autorisé à porter un manteau pour couvrir votre corps lorsque vous marchez vers la voiture, mais enlevez-le une fois vous arrivez à l'événement. N'oubliez pas d'apporter le masque et votre appareil photo. "

"Puis-je vous poser une question personnelle?"

«Bien sûr», répondit le secrétaire.

"Pensez-vous que je peux continuer avec ça? Je veux dire, à votre avis, pensez-vous que je peux gérer ce qui va se passer lors de l'événement?"

La secrétaire sourit.

Il n'y a qu'une seule façon de le savoir. "

CHAPITRE 11

Samedi soir.

La porte de l'ascenseur s'ouvrit et Julia marcha rapidement dans le couloir de son immeuble.

Elle portait des talons hauts et un grand manteau.

En dessous, elle portait la robe noire transparente et rien d'autre.

Il tenait le paquet avec le masque d'or à l'intérieur et une autre boîte contenant son appareil photo.

Elle marchait aussi vite qu'elle le pouvait pour que personne ne la voie.

Une voiture noire l'attendait, le chauffeur tenant la portière ouverte.

Lorsqu'il est monté dans la voiture, il a vu Catherine assise sur la banquette arrière.

Une fois Julia assise, le chauffeur ferma la porte et se dirigea vers leur destination.

"Tu es mignon dans cette tenue", dit Catherine. "C'est agréable de vous voir dans quelque chose d'un peu plus sexy que ce que vous portez normalement."

"Merci. Tu es superbe aussi."

Les yeux de Julia passèrent sur le corps de Catherine, qui était beaucoup plus nu.

Catherine n'avait pas honte de s'asseoir dans la voiture vêtue seulement d'une mince robe noire.

Chaque courbe de son corps était entièrement visible, et ses gros tétons bruns pouvaient être vus à travers le tissu mince.

«Vous semblez un peu nerveux,» dit Catherine.

"Plus ou moins. Tout ce processus est assez intimidant pour moi. J'ai entendu dire qu'il y a une initiation que je dois traverser."

Catherine sourit.

"Vous avez entendu la bonne chose."

«Peux-tu au moins me donner une idée de ce qui va se passer? Julia a demandé timidement.

«J'ai bien peur que non, chérie. Mais ne t'inquiète pas. Tu es entre de bonnes mains.

"J'espère bien. Dieu, c'est un peu effrayant."

"Alors pourquoi êtes vous ici?" Demanda franchement Catherine. "Quelle est la vraie raison? Cela doit être plus qu'une simple curiosité professionnelle. Admettez-le, vous êtes une pute secrète."

"Je ne suis pas une pute."

«Alors peut-être devriez-vous demander au chauffeur de faire demi-tour cette voiture et de vous ramener à votre appartement.

"Attends," répondit rapidement Julia. "Je suis ici parce que j'aime ce que tu fais. Je pense que c'est excitant. Je veux continuer à te regarder."

«Avez-vous des fantasmes à propos de rejoindre? Avez-vous déjà pensé à être fessée, forcée de porter une ceinture avec vous dans l'un de vos trous serrés?

"Oui je l'ai fait."

Un sourire malicieux apparut sur le visage de Catherine.

"Bien sûr. Je savais que tu avais un potentiel de soumission depuis le jour où je suis entré dans ton studio. Habituellement, ce sont les filles tranquilles qui deviennent les plus grosses salopes"

"Je ne suis pas une pute."

"L'initiation devrait s'occuper de cela. Souvenez-vous que personne ne vous oblige à être ici. Vous pouvez y aller quand vous voulez."

Un frisson de peur et d'excitation a été envoyé le long de la colonne vertébrale de Julia.

Il se demanda à quoi Catherine faisait référence, mais Catherine tourna simplement la tête avec un léger sourire et regarda par la fenêtre de la voiture.

QUATRIÈME PARTIE
Douleur et plaisir

55

CHAPITRE 12

Des barrières de sécurité ont été ouvertes et la voiture a été autorisée à entrer dans la grande propriété.

La voiture s'est arrêtée devant un manoir et les deux femmes en sont sorties.

«C'est là que nous mettons nos masques», a déclaré Catherine. «Et enlève ton manteau. Il est temps de montrer ce joli corps que tu as.

Julia a enlevé son manteau et l'a jeté dans la voiture.

Une légère brise de vent lui rappela à quel point il était vulnérable.

Elle sentit l'espace entre ses jambes frémir avec l'air froid.

Ses mamelons roses se raidirent à cause d'un deuxième tour de brise.

Julia a fermé ses jambes fermement dans une faible tentative de couvrir sa féminité.

Les deux femmes mettent leurs masques dorés.

Julia a atteint la voiture et a saisi son appareil photo.

Ils ont fermé les portes et la voiture est partie.

L'entrée du manoir était gardée par deux hommes robustes.

Ils portaient également des masques et se taisaient lorsque les deux femmes les approchaient.

«Mot de passe s'il vous plaît», a demandé l'un des gardes de sécurité masqués.

«Serviette», répondit Catherine.

"Les dames peuvent continuer."

Le garde ouvrit la porte et ils entrèrent dans le manoir.

Julia s'est émerveillée de la bizarrerie du bâtiment.

On aurait dit qu'il avait été construit pour une famille royale.

Des peintures, des décorations et des objets de collection étaient exposés sur les murs.

L'entrée par laquelle ils entraient était couverte d'un grand tapis rouge.

Ils ont traversé une grande salle.

«Il faut attendre un peu dans la chambre d'amis», dit Catherine. "Quelqu'un va vous chercher sous peu."

Julia prit une profonde inspiration.

"Bon."

"Tout ira bien. Calme-toi."

«Pouvez-vous me dire ce qui va se passer? Demanda Julia. "Je serais moins nerveux si je savais ça."

"Non. Attendez dans la pièce jusqu'à ce que quelqu'un vienne vous chercher. Gardez le masque et laissez votre appareil photo là-bas. Il y aura beaucoup de temps pour prendre des photos plus tard."

Catherine ouvrit la porte et fit signe à Julia d'entrer dans la pièce.

La chambre était simple, avec des meubles en bois.

Julia prit une profonde inspiration et entra.

CHAPITRE 13

Il a perdu la trace du temps qu'il a attendu.

Elle n'a jamais enlevé le masque.

Après s'être ennuyée en s'asseyant et en attendant, Julia se tenait devant un miroir et se regarda.

Le masque était charmant.

Et elle ne pouvait pas arrêter de penser à la façon dont ses mamelons roses et son vagin étaient visibles à travers le tissu fin de la robe.

Elle s'est interrogée et s'est interrogée sur ses raisons d'être là.

Avant que je puisse réfléchir davantage, on a frappé à la porte.

Une femme est entrée, complètement nue, vêtue uniquement d'un masque d'or.

«Suivez-moi», dit la femme nue d'une voix douce.

Julia la suivit hors de la pièce et ils descendirent le couloir.

Il était devenu plus sombre.

De nombreuses lumières avaient été éteintes et un grand nombre de bougies allumées dans toutes les directions.

Il y avait un groupe de personnes masquées debout dans le couloir.

Certains étaient nus, certains portaient des costumes.

Ils portaient tous des masques.

Ils se tenaient en cercle, avec Catherine debout au centre.

Catherine était complètement nue à l'exception du masque.

C'était la première fois que Julia voyait le corps complètement nu de Catherine.

Julia admirait sa silhouette tonique et ses courbes voluptueuses aux gros tétons bruns.

Julia a été conduite au centre du cercle, debout directement devant Catherine.

Les autres invités masqués dans la salle sont restés silencieux.

«Bienvenue Julia», dit Catherine. "Le comité a décidé de l'admettre dans notre club privé. Ce n'était pas une décision facile, mais c'est la qualité de son travail et sa discrétion qui lui ont permis d'entrer. Cependant, il y a des conditions pour cette acceptation, voulez-vous savoir ce qu'elles sont?"

"Oui," Julia acquiesça nerveusement.

«Premièrement, vous devez faire l'expérience de la soumission sexuelle pour que le groupe puisse voir. Deuxièmement, je dois porter quinze pinces à vêtements sur votre corps pendant le processus. Enfin, vous devez avoir des orgasmes au moins deux fois dans l'heure qui suit. Toutes les conditions sont obligatoire. Vous pouvez accepter ou quitter. "

Julia prit une profonde inspiration.

"Je suis d'accord."

«Dites-nous pourquoi vous acceptez. Pourquoi voulez-vous que des actes aussi douloureux et dégradants vous soient faits? Vous êtes une fille très douce.

Julia réfléchit un instant.

"Regarder ses sessions au cours des deux derniers mois m'a ouvert les yeux sur quelque chose de nouveau. Je veux continuer à en faire partie."

«Même si cela signifie devoir passer par cette initiation? Catherine a demandé.

"Oui."

"Et qu'est-ce que ça fait de toi?"

"Dans une pute".

Catherine hocha la tête.

"Enlève ta tenue. Montre-nous ton beau corps."

Il y eut un frisson dans la colonne vertébrale de Julia.

Malgré les masques, Julia pouvait sentir tous les yeux dans la pièce attendre par anticipation.

Elle a glissé la tenue transparente jusqu'à ses pieds et était complètement nue.

Elle a résisté à l'envie de croiser les jambes et a laissé son entrejambe rasée de près rester découverte.

Elle a également résisté à l'envie de couvrir ses petits seins et a permis à ses mamelons roses de sortir.

Catherine s'avança et n'était qu'à quelques centimètres de Julia.

Il tendit la main et toucha le petit torse de Julia, le caressant doucement avec sa main.

Il encercla le mamelon rose avec son doigt, puis le pinça fort.

«Ohh...» haleta Julia.

«Est-ce que je te fais mal?

"Un peu."

«On va s'arrêter alors?

Julia savait qu'elle recevait un ultimatum subtil.

"Non, ne t'arrête pas."

Catherine pinça le mamelon encore plus fort, faisant de nouveau haleter Julia.

"Vous n'aimerez peut-être pas ça au début. Mais vous ..."

Une femme nue masquée s'est approchée d'eux en tenant un oreiller avec un petit tas de pinces à linge.

Catherine a pris l'un des clips, l'a ouvert et l'a placé sur le mamelon de Julia.

Lentement, il a permis au clip de presser le mamelon, petit à petit.

Catherine a relâché la pince qui a serré son mamelon fort, la faisant gonfler.

"Ça fait très mal," dit Julia avec un désespoir calme.

"Voulez-vous arrêter? Les conditions ne sont pas négociables."

"Combien de temps le clip restera-t-il là?"

"Jusqu'à ce que tu atteignes l'orgasme deux fois ce soir. Je peux accélérer les choses si tu veux. Ce serait plus facile pour un débutant comme toi."

"S'il vous plait..."

Catherine attrapa une autre pince à linge et l'utilisa impitoyablement sur l'autre téton de Julia.

"Ahhh ..." hurla Julia.

"C'est deux clips pour l'instant. Treize à gauche."

"Où allez-vous les mettre ?" Demanda Julia, presque effrayée.

Catherine se pencha en avant et chuchota à l'oreille de Julia.

"Et vos lèvres vaginales ? C'est l'endroit traditionnel pour une femme. Voulez-vous arrêter de souffrir ou rejoindre notre club ?"

C'était le point de non-retour.

Julia se décida en un instant, même quand ses tétons lui faisaient très mal.

Ses mamelons au lieu de rose prenaient une teinte rouge foncé.

"Je refuse d'arrêter."

"Alors allonge-toi sur le dos. Et écarte les jambes."

Julia était allongée sur le dos sur la moquette, les jambes largement écartées.

Sa féminité était pleinement exposée, attendant la douleur des pinces à vêtements.

Catherine s'agenouilla et prit son temps pour examiner la chatte devant elle.

Elle l'a étudié et l'a admiré.

Catherine prit un clip de vêtements, l'ouvrit et souleva le côté gauche des lèvres de Julia.

"Cela peut faire un peu mal", a déclaré Catherine. "Vous êtes une femme adulte. Alors agissez comme telle."

Avec ces mots d'avertissement, Catherine a cruellement libéré le clip, faisant soudainement resserrer ses lèvres, faisant hurler Julia.

Catherine sourit et attrapa un autre clip, cette fois, le relâchant doucement sur ses lèvres.

La pression du deuxième clip a fait changer de forme les lèvres.

Catherine a continué le processus jusqu'à ce que le côté gauche des lèvres de Julia soit recouvert de pinces à linge.

"Comment te sens ta chatte ?" Demanda Catherine.

Julia posa sa tête sur le tapis et lutta contre la douleur de ses mamelons et de ses lèvres pincées par les clips de ses vêtements.

"Cela me fait très mal".

"Cela montre que vous êtes humain. Je suis fier de vous pour avoir duré si longtemps. Votre initiation est plus difficile que la plupart parce que votre expérience financière n'est pas la même que la nôtre et vous n'avez aucune histoire d'esclavage."

"J'ai compris."

"Bonne salope. Le plus dur est presque terminé."

Catherine attrapa un autre clip de vêtement, cette fois en le plaçant doucement sur les lèvres droites de Julia.

Julia ne recula pas et gémit.

Elle s'était déjà habituée à la douleur dans ses zones sexuelles sensibles.

Le motif a continué jusqu'à ce que tous les clips soient utilisés sur la chatte de Julia.

Le vagin, autrefois mignon et attirant, s'était soudainement déformé.

Les lèvres vaginales s'étiraient dans différentes directions comme de l'argile.

Catherine a regardé dans la chatte rose de Julia et a vu qu'elle était humide.

"Vous êtes prêt pour votre premier orgasme", a déclaré Catherine. "Ce n'est pas comme ça ?"

"Je le suis."

Catherine a fouetté le centre de la chatte de Julia sans avertissement.

Le choc fit hurler Julia dans une rare combinaison de douleur et de plaisir.

La fessée dans la chatte de Julia a continué jusqu'à ce que le bout des doigts de Catherine soit recouvert de fluides vaginaux.

«Vous êtes trempé, mon cher,» dit Catherine. "Je pense que tu es prêt."

Avec cela, Catherine a inséré deux doigts dans sa chatte et a utilisé les doigts de son autre main pour jouer avec le clitoris de Julia.

C'était une combinaison puissante.

Ses doigts étaient habiles à plaire sexuellement aux autres femmes.

Avec les doigts, il était travaillé d'une manière particulière et habile.

Julia gémit de plaisir.

Elle ne se souciait plus du groupe de personnes masquées qui la regardaient.

À ce moment-là, tout ce à quoi elle pouvait penser était la sensation de brûlure dans sa chatte et ses mamelons.

Les doigts ont continué le travail frénétique.

Catherine allait de plus en plus vite avec plus d'intensité.

Le corps de Julia trembla.

Elle gémit.

Catherine sentit que Julia était au bord de son premier orgasme, alors elle travailla encore plus fort, touchant sa chatte chaude.

Julia se tordit, gémit et son dos se cambra.

Julia poussa un grand cri et ses doigts se courbèrent, puis son corps se détendit.

"C'est le premier orgasme jusqu'à présent," sourit Catherine en regardant ses doigts recouverts de jus de chatte. "C'est maintenant le moment de l'orgasme numéro deux. Mais ça va être un peu plus difficile. Tu peux le laisser tomber quand tu veux. Prêt?"

"Oui."

Catherine fit claquer ses doigts, et deux femmes nues masquées sont venues et ont enroulé des lanières de cuir autour des mains et des chevilles de Julia.

Ils ont guidé Julia, de sorte qu'elle soit à genoux.

Ils ont tendu les mains et les chevilles de Julia et les ont accrochées au sol sur des crochets.

Julia était face contre terre, complètement ligotée et impuissante.

"Votre test final est de dix-huit centimètres sur vos fesses. Ne vous inquiétez pas minou, je vais utiliser beaucoup de lubrifiant pour vous."

Les yeux de Julia s'écarquillèrent.

Les sangles de bondage à ses poignets et chevilles étaient serrées et il n'avait nulle part où aller, à moins qu'il ne décide de démissionner, ce qui mettrait définitivement fin à sa relation avec Catherine.

Il refusa d'abandonner, même lorsqu'il sentit les doigts de Catherine pousser dans son derrière.

Les doigts étaient recouverts d'une lubrification épaisse.

Les doigts sondèrent son petit anus aussi loin que possible.

Catherine n'était pas très gentille.

Pour elle, tout était affaire.

Alors Julia a simplement posé son visage masqué par terre et a accepté la pénétration du doigt dans son cul.

«Je vais porter la sangle avec le pénis que tu m'as vu porter tant de fois sur mes soumis», dit Catherine en se penchant sur le corps de Julia. "Je serai lent au début, mais j'espère que vous suivrez mon rythme plus tard."

À ce moment-là, Julia avait des souvenirs de tous les hommes masqués qui s'étaient fait sodomiser par la variété de ceintures différentes de Catherine.

Julia avait imaginé être dans le rôle de soumise tant de fois auparavant.

Mais elle n'avait jamais imaginé ce qui lui arriverait vraiment.

La pointe du harnais appuya fortement contre l'anus de Julia.

Catherine a utilisé ses mains pour écarter les fesses de Julia, permettant à l'objet sexuel de pénétrer dans le petit trou.

Julia gémit bruyamment alors que l'objet pénétrait dans son corps.

Lentement, il pénétra dans son rectum.

Elle ferma les mains et serra les dents.

Lorsque l'objet a continué le lent voyage dans son cul, elle a ouvert la bouche et poussé un gémissement.

Il a continué jusqu'à ce que l'entrejambe de Catherine soit pressée contre ses fesses.

"Brave fille," dit Catherine à l'oreille de Julia. "La plupart des gens auraient déjà arrêté. Pas vous. Vous avez presque fini. Cela vous fera du bien dans un instant."

Catherine se retira lentement du rectum de Julia, puis donna une légère poussée, le poussant à nouveau profondément à l'intérieur.

Il a utilisé le rythme lentement en fonction de la tension de Julia.

Chaque poussée faisait gémir Julia.

Julia regarda autour de la pièce pendant qu'elle se faisait sodomiser.

Les invités masqués étaient silencieux et regardaient le spectacle.

Il se demanda ce qu'ils penseraient d'elle.

Il se demanda s'ils étaient excités.

Il se demanda s'ils voulaient aussi entrer dans son cul.

La poussée dans le cul de Julia a continué.

La douleur fut bientôt rejointe par le plaisir.

Ses mamelons et sa chatte lui font toujours mal à cause des clips sur ses vêtements.

La douleur continuait à grandir, mais le plaisir y croyait aussi avec une intensité égale ou supérieure.

Son anus lui faisait toujours mal à cause du jouet sexuel de 15 cm et il n'y était pas complètement habitué.

Mais il y avait un plaisir étrange grandissant en elle.

Se faire enculer pour que tout le monde voie était excitant.

C'était sensationnel.

Les poussées sont devenues plus rapides et plus profondes.

Catherine a montré moins de pitié et moins de tendresse, et a vraiment commencé à être rude avec Julia.

Julia était traitée comme l'un des soumis de Catherine, ce qui était un compliment à Julia.

Cela signifiait que Catherine savait que Julia était suffisamment forte et digne pour recevoir une punition anale.

«Je peux sentir votre orgasme se rapprocher,» dit Catherine en poussant. "Viens pour moi, chérie. Fais-le et rejoins notre club."

"J'essaye," haleta Julia.

"Peut-être que ça va aider, minou."

Catherine a atteint en dessous et a commencé à jouer avec le clitoris de Julia, tout en la sodomisant.

La sexualité de Julia était agressée de tous côtés.

Ses mamelons lui faisaient mal.

Ses lèvres lui faisaient mal.

Son anus et son rectum étaient impitoyablement battus.

Maintenant, son clitoris sensible était massé.

"Oh mon Dieu!!!" Julia gémit.

Le dos de la jeune femme s'arqua violemment, et ses mains et ses pieds se crispèrent de toutes ses forces.

Des liquides coulaient de sa chatte et recouvraient le sol.

Pour la deuxième fois, il a couru devant tout le monde une fois de plus.

"Félicitations," dit Catherine en frottant les cheveux de Julia. "Vous êtes maintenant membre de notre club."

Catherine tira lentement le jouet sexuel des fesses de Julia et se leva.

Elle regarda Julia par terre.

Julia était sexuellement épuisée en ce moment et revint lentement à elle-même.

Les autres femmes masquées sont venues délier Julia, enlevant les pinces de ses tétons et de sa chatte.

Julia s'est levée et les autres invités masqués dans la salle ont applaudi leur nouveau membre.

ÉPILOGUE

Six mois plus tard.

Julia portait une belle robe en attendant dans l'ascenseur.

Elle tenait une grande enveloppe jaune.

Une fois arrivé à son appartement, il accueillit la secrétaire avec un sourire familier.

Puis il entra dans le bureau de Catherine.

Des blagues ont été échangées et Catherine a ouvert l'enveloppe pour regarder les images nouvellement révélées alors qu'ils s'asseyaient tous les deux.

«Vous vous êtes surpassé», dit Catherine en regardant les photos. "Un travail exquis. Les angles de caméra, l'éclairage, la météo. Ils sont parfaits. Nos amis du club les adoreront."

"Merci. J'espère que vous les apprécierez."

"C'est dommage que ces images doivent rester privées. Votre talent de photographe devrait être reconnu par beaucoup plus de gens."

"Votre reconnaissance suffit", a déclaré Julia courageusement.

Catherine sourit.

"Quelle fille douce."

"J'ai vu mon chèque placé sur le bureau de la secrétaire. Je suis sûr que c'est un autre paiement généreux, pour lequel je suis très reconnaissant. Mais aujourd'hui, je m'attendais à quelque chose d'un peu plus ... en plus ..."

Catherine se pencha dans son bureau pour retirer sa culotte de sous sa jupe.

"Très bien. Vous avez trente minutes avant ma prochaine réunion."

"Je vous remercie."

Julia s'approcha du bureau de manière informelle.

Elle essaya de cacher son impatience, mais ils savaient tous les deux ce que ressentait vraiment Julia.

Catherine écarta les jambes et vit Julia tomber à genoux.

La limite était de trente minutes, alors Julia n'a pas perdu de temps et a commencé à manger la chatte de sa maîtresse dominante jusqu'à ce qu'elle atteigne le point de l'orgasme.

.

FIN

71